KB060799

第4回 素月詩文學賞 受賞作品集

第4回 素月詩文學賞 受賞作品集

〈株〉文學思想社

제 4 회
素月詩文學賞
選定理由書

    두루 알려진대로 詩는 언어예술의 절정이며 인류문
화의 大動脈이다. 특히 次元 높은 詩는 나태와 안일에
젖어들기 쉬운 인간정신을 고양, 활성화시키는 기적을
이룩한다. 시인 李晟馥은 일찍 우리 시단에 등장하여
꾸준한 실험의식과 끊임없는 상상력 개발로 제자리를
마련한 분이다. 이제 그의 詩는 그 독특한 말솜씨와
아름다운 가락으로 우리 文學의 莊園에 하나의 새 매
력, 새 풍광이 되기에 족하다. 이에 우리는 네번째 素
月詩文學賞의 수상 대상자로 시인 李晟馥을 선정하는
바이다.

1990년 2월 2일
素月詩文學賞 選考委員會

金南祚, 金容稷, 權寧珉

大賞 受賞作

李 晟 馥

추천 우수작

高 靜 熙

김 승 희

김 용 택

李 昇 熏

崔 斗 錫

李 晟 馥

숨길 수 없는 노래 外

●略 歷

• 1952년 경북 상주 출생
• 서울대 및 동대학원 불문과 졸업
• 1977년 《문학과 지성》을 통해 데뷔
• 제 2 회 김수영문학상 수상
• 시집 《뒹구는 돌은 언제 잠깨는가》, 《남해금산》 등

숨길 수 없는 노래

어두운 물 속에서 밝은 불 속에서
서러움은 내 얼굴을 알아 보았네
아무에게도 드릴 수 없는 꽃을 안고
그림자 밟히며 먼 길을 갈 때
어김없이 서러움은 알아 보았네
감출 수 없는 얼굴 감출 수 없는 비밀
서러움이 저를 알아 보았을 때부터
나의 비밀은 빛이 되었네 빛나는 웃음이었네
하지만 나는 서러움의 얼굴을 보지 못했네
그것은 서러움의 비밀이기에
서러움의 비밀을 나는 알지 못하네

숨길 수 없는 노래

아직 내가 서러운 것은 나의 사랑이 그대의 부재를 채
우지 못했기 때문이다 봄하늘 아득히 황사가 내려 길
도 마을도 어두워지면 먼지처럼 두터운 세월을 뚫고
나는 그대가 앉았던 자리로 간다 나의 사랑이 그대의
부재를 채우지 못하면 서러움이 나의 사랑을 채우리라

서러움이 아닌 사랑이 어디 있는가 너무 빠르거나
늦은 그대여, 나보다 먼저 그대보다 먼저 우리 사랑은
서러움이다

느   낌

느낌은 어떻게 오는가
꽃나무에 처음 꽃이 필 때
느낌은 그렇게 오는가
꽃나무에 꽃이 질 때
느낌은 그렇게 지는가

종이 위의 물방울이
한참을 마르지 않다가
물방울 사라진 자리에
얼룩이 지고 비틀려
지워지지 않는 흔적이 있다

집

내 그대를 떠난 날부터 그대는 집을 가졌네 오직 그
대만이 들어갈 수 있는 집, 그대의 무덤

난 그대의 집으로 들어갈 수 없네 오직 그대만이 들
어갈 수 있는 집, 내 떠나므로 불 밝은 집

내 그대를 떠난 날부터 그대는 집을 가졌네 상처처
럼 푸른 지붕과 바람처럼 부드러운 사면의 집

내 그대를 떠남은 그대 속에 나의 집을 짓기 위해서
라네 상처처럼 푸른 지붕과 바람처럼 부드러운 사면
의 무덤

낮은 노래

    나의 하나님, 신부인 나의 잠자리는 젖어 있습니다
오, 근원 가까이 흐르는 물, 나의 기다림은 흘러 두
개의 맑은 호수를 이루었습니다 다만 미지와 미지라고
불리는 당신의 눈, 수심 깊이 곱게 씻긴 다갈색 자갈
돌을 보기도 하였습니다 나의 하나님, 그러나 나의 기
다림은 낮게 흘러 흐려질 것입니다 다만 당신 자신으
로서의, 당신의 하나님 !

낮은 노래

　당신을 따라서 나도 모르게 천착하였습니다, 당신이
슬퍼할 줄 알면서도 내게 남은 것은 외로움이었습니다
내 손에 묻은 당신의 피를 보았습니다 당신으로부터
당신에게 가는 것들을 가로막고서 내게 남은 것은 다
외로움이었습니다 당신 가슴에 내가 새긴 끔찍한 문신
이었습니다

낮은 노래

　나의 하나님, 기쁨의 통로 저편에 계신, 여태까지 나
는 막힌 동굴 같은 것이었나 봅니다 봄부터 여름까지
내게서 피어난 것들은 당신의 흔적이었습니다 나의 하
나님, 이제 당신에게로 가서 끝없이 빛으로 새어나오
는 동굴이 되렵니다 물밀듯이 밀려 가는 기쁨의 통로
저편, 나의 하나님, 봄부터 여름까지 막혀 있던 당신
의 실핏줄 하나 이제 열립니까

낮은 노래

　반다지꽃이라던가, 무어라던가 그런 작은 꽃을 찾아
한 떼의 羚羊들이 달려갔습니다 먹지 못하고, 씹지 못
하고 너무 작아서 보이지도 않는 그 꽃이 혹간 그들
눈망울에 어릴 때 나의 하나님, 당신의 노고는 끝나신
다지요 모래바람 속 타는 발바닥으로 사막을 건너간
羚羊들이 살가죽 밖으로 뼈를 보일 때 나의 하나님,
당신은 그들 귀에만 들리는 낮은 노래라지요

금   기

아직 저는 자유롭지 못합니다
제 마음 속에는 많은 금기가 있습니다
얼마든지 될 일도 우선 안 된다고 합니다

혹시 당신은 저의 금기가 아니신지요
당신은 저에게 금기를 주시고
홀로 자유로우신가요

휘어진 느티나무 가지가
저의 집 지붕에 드리우듯이
저로부터 당신은 떠나지 않습니다

길

그대가 내지 않은 길을 내가 그대에게 바랄까요
그대가 내지 않은 길을 그대가 내게 바랄까요
그래도 내 가는 길이 그대를 향한 길이 아니라면
그대는 내 속에서 나와 함께 걷고 계신가요
나를 미워하고 그대를 사랑하거나 그대를 미워하고
나를 사랑하거나 갈래갈래 끊어진 길들은 그대의
슬픔입니다 나로 하여 그대는 시들어 갑니다

먼   길

내 지금 그대를 떠남은 그대에게 가는 먼 길을 시작
했기 때문입니다

돌아보면 우리는 길이 끝난 자리에 서 있는 두 개
의 고인돌 같은 것을

그리고 그 사이엔 아무도 발 디딜 수 없는 고요한
사막이 있습니다

나의 일생은 두 개의 다른 죽음 사이에 말이음표처
럼 놓여 있습니다

돌아보면 우리는 오랜 저녁빛에 눈 먼 두 개의 고인
돌 같은 것을

내 지금 그대를 떠남은 내게로 오는 그대의 먼 길
을 찾아서입니다

병든 이후

　나는 당신이 그리 먼 데 계신 줄 알았지요 지금 내 살
갗에 마른 버즘 피고 열병 돋으니 당신이 가까이 계신
줄 알겠어요 당신이 내 곁에 계시면 나는 더 바랄 것
이 없어요 당신이 조금 빨리 오셨을 뿐 나는 하고 싶
은 것도, 되고 싶은 것도 없어요 당신 손 잡고 멀리
가고 싶지만 한 발짝 다가서면 한 발짝 물러서고, 한
발짝 물러서면 한 발짝 다가오는 당신, 우리 한 몸 되
면 나의 사랑 시들 줄을 당신은 잘 아시니까요

사   슬

    내가 당신 속으로 깊이 들어갔을 때 나는 아직 당신
바깥에 있었습니다 그때 당신은 웃는 것 같았고 우는
것 같았고 온갖 슬픔과 기쁨이 하나로 섞인 그 소리는
나의 머리끝 발끝을 끝없이 돌아나갔습니다 그 소리에
잠겨 나도 당신도 잊혀지고 헤아릴 수 없는 윤회의 고
리들이 반짝였습니다 반짝임 사이로 어둠이 오고 나도
당신도 남이었습니다

샘 가에서

어찌 당신을 스치는 일이 돌연이겠습니까
오랜 옛날 당신에게서 떠나온 후
어두운 곳을 헤매던 일이 저만의 추억이겠습니까
지금 당신은 저의 몸에 젖지 않으므로
저는 깨끗합니다 저의 깨끗함이 어찌
자랑이겠습니까 서러움의 깊은 골을 파며
저는 당신 가슴 속을 흐르지만 당신은
모른 체하십니까 당신은 제게 흐르는 몸을
주시고 당신은 제게 흐르지 않는 중심입니다
저의 흐름이 멎으면 당신의 중심은 흐려지겠지요
어찌 당신을 원망하는 일이 사랑이겠습니까
이제 낱낱이 저에게 스미는 것들을 찾아
저는 어두워질 것입니다 홀로 빛날 당신의
중심을 위해 저는 오래 더럽혀질 것입니다

아   이

저의 아이는 높은 계단을 올라가
문득 저를 내려다봅니다
그 높이가 아이의 자랑이더라도
저에겐 불안입니다

세월을 건너 눈과 눈이 마주칩니다
그리곤 이내 눈이 멀겠지요
우리가 손 잡을 일은 다시 없겠지요

소녀들

웃음 속에 어찌 얼룩이 없겠습니까
웃음은 얼룩 속에 있습니다

여름 한나절 땀 흘리는 버스 안에서
소녀들은 한껏 웃습니다

저들의 웃음은 처음 펴 보는
부채살 같습니다

저들이 웃을 때마다 부채살
하나 하나가 꺾여 나갑니다

웃음 속에 어찌 세월이 없겠습니까
저들의 웃음 속에 세월은 잠자고 있습니다

강

남들은 저를 보고 쓸쓸하다고 합니다
해거름이 깔리는 저녁
미류나무 숲을 따라갔기 때문이지요

남들은 저를 보고 병들었다고 합니다
매연에 찌달려 저의 얼굴이
검게 탔기 때문이지요

저는 쓸쓸한 적도 병든 적도 없습니다
서둘러 그들의 도시를
지나왔을 뿐입니다

제게로 오는 것들을 막지 않으며
제게서 가는 것들을 막지 않으며
그들의 눈 속에 흐르는 눈물입니다

강

강가에 갔었네
봄은 얕은 물가로 오고 있었네
멋모르고 기어나온 자라가 잡히는 물가에서
날 잊지 말라는 남진의 노래 흘러 나오고

강이 흐르는 방향을 알 수 없었네
잔잔히 밀리는 수면을 보곤 알 수 없었네
멀리 낮은 산들의 어깨에 기대
강은 흐르고 있었네

다만 우리에게 남은 모래,
큰물이 지나가고 잘게 부서진 모래
우리가 멎은 자리에서 강은 흘렀네
모래뿐인 삶 앞에서

강

또 봄이 와서 강뚝에 풀이 짙었네
산은 거기 잠겨 머리를 풀고
합성세제 거품 사이로 작은 물고기는
입을 벌렸네 무언가 뜨거운 것이
무심한 잎새들 사이를 스쳐갔네 머리끝
발끝에도 증오 같은 것이 느껴졌네
산은 거기 잠겨 머리를 풀고
도시엔 그을음 같은 연기가 올랐네
또 봄이 와서 강뚝에 풀이 짙었네

강

방천 뚝에 봄풀이 우거지고
물가엔 비린내 풍겼네

그대 그림자
물 아래 밀리는 모래에 두고
긴 봄날 강은 흘렀네

비린내, 비린내 풍겨
물 속을 들여다보면
오, 거기 학살이 있었네

몸뚱이 잘리고
눈만 남은 물고기들

그들의 눈은 그들에게나
소중했는가, 내 사랑
나에게나 소중했던가

高 靜 熙

쓸쓸한 날의 연가 外

● 略 歷
• 1948년 전남 해남 출생
• 한국신학대학 졸업
• 1975년 《현대시학》을 통해 데뷔
• 시집으로 《하늘 문을 두드리며》
《나의 나무가 너의 나무에게》《지리산의 봄》 등.

쓸쓸한 날의 연가

내 흉곽에 외로움의 지도 한 장
그려지는 날이면
나는 그대에게 편지를 쓰네
봄 여름 가을 겨울 편지를 쓰네
갈비뼈에 철썩이는 외로움으로는
그대 간절하다 새벽편지를 쓰고
허파에 숭숭한 외로움으로는
그대 그립다 안부편지를 쓰고
간에 들고나는 외로움으로는
아직 그대 기다린다 저녁편지를 쓰네
때론 비유법으로 혹은 직설법으로
그대 사랑해 꽃도장을 찍은 뒤
나는 그대에게 편지를 부치네
비 오는 날은 비 오는 소리 편에
바람 부는 날은 바람 부는 소리 편에
아침에 부치고
저녁에도 부치네
아아 그때마다 누가 보냈을까
이 세상 지나가는 기차표 한 장
내 책상 위에 놓여 있네

그대들 혈관에 우리 피 돌아
—— 오월시편 · 9

시장통 여자들의 따뜻한 피가
그대 혈관을 타고 흘렀습니다
방직공장 여자들의 따뜻한 피가
그대 맥박을 타고 흘렀습니다
자동차 정비공의 따뜻한 피가
그대 심장을 타고 흘렀습니다
남도땅 농사꾼의 따뜻한 피가
그대 모세혈관을 타고 흘렀습니다

아아 광주 여자들의 따뜻한 피가
그대들 목숨의 골짜기를 내려가고
어머니와 아버지의 따뜻한 피가
그대들 비명의 새벽을 감싸고
언니와 누님의 따뜻한 피가
그대들 죽음의 살기를 풀었습니다
형수와 올케의 따뜻한 피가
그대들의 신음과 눈물을 적셨습니다
육친으로 얼크러진 고를 풀어버리고
혈연의 울타리를 허물었습니다
서로서로 피를 나눈 내 자매형제여

피뽑기 차례를 기다리는 사람들이
너나없이 두려운 정을 통해버리고
너나없이 그리운 피를 섞어버린 후
잔혹한 역사의 승리자들이여

그대들 혈관에 우리 피 돌고
우리 혈관에 그대 피 돌아
생명의 대동맥에 열린 분홍강
백마강 노을보다 찬란한 분홍강
천가람 아득히 흘러갔습니다

지하일기
—— 오월시편 · 13

아무도 없네
멀리 누운 산하 아무도 없네

권력의 식탁에서 녹봉을 누리던
고관대작들과 연희궁의 오적들은
지하의 하수인이 되어 떠났네
허리띠와 신발에 피를 묻혀들고
종신계약 전대를 딸랑딸랑 흔들며
꽃상여 타고
지하로 지하로 내려갔네
피묻은 입술을 훔치며 내려갔네

그들은 결코 돌아오지 못하네
백발이 되어서도 머리에 피를 묻히며
지하의 성곽에 쓰러질 것이네
평화의 아침을 재앙으로 갚기 위해
백성의 신음으로 축포를 만들며
일생을 지하에 헌신할 것이네

아 무서워라
철없이 먹고 마시는 밤이여

우상들로 널뛰는 광란의 거리여
순금 메달을 목에 두르고
희랍에서 돌아온 영지주의자들은
음습한 수풀궁, 타오르는 성화대에 둘러앉아
지금 막 천지간 음모를 도열하며
광신도에 걸맞는 신당을 설계했네

칠천 명의 모리배와 삼천 명의 도적떼들이
레바논산 송백나무 흔들의자에 앉아
인민의 피땀을 마시기 시작했네
새벽이 더 이상 운행을 멈추고
해와 달이 더 이상 자매이지 못하네

아무도 없네
멀리 누운 산과 들 아무도 없네

아파서 몸져 누운 날은

　오월의 융융한 햇빛을 차단하고 아파서 몸져 누운 날은 악귀를 쫓아내듯 신열과 싸우며 집안에 가득한 정적을 밀어내며 당신이 오셨으면 당신이 오셨으면 하다 잠이 듭니다.
　기적이겠지 기적이겠지 모두가 톱니바퀴처럼 제자리로 돌아간 이 대낮에, 이심전심이나 텔레파시도 없는 이 대낮에, 당신이 내 집 문지방을 들어선다면 나는 아마 생의 최후 같은 오 분을 만나고 말 거야, 나도 최후의 오 분을 셋으로 나눌까, 그 이 분간은 당신을 위해서 쓰고 또 이 분간은 이 지상의 운명을 위해서 쓰고 나머지 일 분간은 내 생을 뒤돌아보는 일에 쓸까, 그러다가 정말 당신이 들어선다면 나는 칠성판에 서라도 벌떡 일어날 거야 그게 나의 마음이니까 그게 나의 희망사항이니까……하며 왼손가락으로 편지를 쓰다가 고요의 밀림 속으로 들어가 다시 잠이 듭니다.
　흔들림이 끝난 그 무엇처럼

왼손가락으로 쓰는 편지

무정한 이여, 하고 소리쳐 부르면 앞산이 그 소리 삼켜 버리고 다시 무정한 이여, 하고 소리쳐 부르면 뒷산이 그 소리 삼켜 버리고 정말 무정한 이여, 하고 먼 산 향하여 토악질하면 안산에 주룩비 주룩주룩 내렸습니다.

일시에 안산을 적시는 주룩비 과천을 적시고 군포를 적시고 포일리를 적시는 주룩비 끝내는 남쪽으로 내려가는 주룩비, 내 생의 목마름 조금 적실 수도 있으련만, 아아 주룩비, 잠들지 못하는 것들 품어 함께 노래할 수도 있으련만, 외로움의 우산 밖으로 밖으로 미끄러져 내려 빠르게 떠나가는 물줄기는 꼭 당신 뒷모습 같아 나는 서러움에 목이 메이고 어디선가 소쩍새 우는 소리로 사랑의 축대가 무너지고 있었습니다.

무너지는 것들 옆에서

  내가 화나고 성나는 날은 누군가 내 발등을 질겅질
겅 밟습니다. 내가 위로받고 싶고 등을 기대고 싶은
날은 누군가 내 오른뺨과 왼뺨을 딱딱 때립니다. 내가
지치고 곤고하고 쓸쓸한 날은 지난날 분별없이 뿌린
말의 씨앗, 정의 씨앗들이 크고 작은 비수가 되어 내
가슴에 꽂힙니다. 오 하느님, 말을 제대로 건사하기란
정을 제대로 다스리기란 나이를 제대로 꽃피우기란 외
로움을 제대로 바로잡기란 철없는 마흔에 얼마나 무거
운 멍에인지요.
  나는 내 마음에 포르말린을 뿌릴 수는 없으므로 나
는 내 따뜻한 피에 옥시풀을 섞을 수는 없으므로 나는
내 오관에 유한락스를 풀어 용량이 큰 미련과 정을 헹
굴 수는 더욱 없으므로 어눌한 상처들이 덧난다 해도
덧난 상처들로 슬픔의 광야에 이른다 해도. 부처님이
될 수 없는 내 사지에 돌을 눌러 둘 수는 없습니다.

상   처

당신이 조금만 더 친절했더라면 저 쓸쓸한 황야의
바람을 잠재울 수 있었을 것입니다. 당신이 조금만 더
가슴을 열었더라면 저 산등성이 날아오르는 새들이 저
무는 하늘에 신의 악보를 연주할 수 있었을 것입니다.
당신이 조금만 더 조금만 더 가까이 다가설 수 있었더
라면 세상은 한발짝씩 천국 쪽으로 운행할 수 있었을
것입니다.

벌써 까마득한 옛날, 당신을 처음 만났던 날의 기쁨
과 편안한 강기슭과 아름다운 섬의 일박이일이 또다시
내 가슴을 울렁거리게 합니다. 우리들이 함께 춤추던
밤의 힘찬 포옹과 무심한 새벽 달빛과 무정한 세월 뒤
에 속절없이 피고지는 산꽃 들꽃이 또다시 온몸을 들
썩거리게 합니다.

아아 자나깨나 내 머리맡에 너무 큰 하늘이 내려와
있어 밤마다 서슬을 세운 별들이 명멸하고 적막한 산
천 처마 밑에서 노여운 내가 마녀처럼 울고 있습니다.

북한강 기슭에서

위로받고 싶은 사람에게서 위로받지 못하고 돌아서는 사람들의 두 눈에서는 북한강이 흐르고 있다는 것을 알았습니다. 서로 등을 기대고 싶은 사람에게서 등을 기대지 못하고 돌아서는 사람들의 두 눈에서도 북한강이 흐르고 있다는 것을 알았습니다. 건너지 못할 강 하나를 사이에 두고 미류나무잎새처럼 안타까이 손흔드는 사람들의 두 눈에서도 북한강이 흐르고 있다는 것을 알았습니다.

지상에 안식이 깃드는 황혼녘이면 두 눈에 흐르는 강물들 모여 구만리 아득한 뱃길을 트고 깊으나깊은 수심을 만들어 그리운 이름들 별빛으로 흔들리게 하고 끝끝내 못한 이야기들 자욱한 물안개로 피워올리는 북한강 기슭에서, 사랑하는 이여, 내 생에 적셔 줄 가장 큰 강물 또한 당신 두 눈에 흐르고 있다는 것을 알았습니다.

처서 무렵, 시베리아

치자꽃 향기 바람에 흩어지는 추억의 우물가에서 휴일 하루를 당신 생각으로 보냈습니다 내 온몸이 고요해지기를 기다려 보다 무심해지기를 기다려 견고한 쓸쓸함으로 드디어 서쪽 하늘에 고개를 기대면 벼이삭이 지평선 끝까지 기립박수를 치고 쳐서 지난 바람이 남쪽에서 불어와 흰구름 잔잔한 하늘에 아기자기한 슬픔의 지도를 그렸습니다 그 슬픔의 지도 신선한 골짜기 하나를 끼고 겁없이 들어가노라면 놀랍게도 백발이 성성한 사랑의 대륙에서 발원한 강물과 만년설봉 이별의 빙벽에서 발원한 강물이 만나 이 세상 슬픔의 물꼬 그리움의 물꼬 노여움의 물꼬를 트거니 닫거니 하는 게 보였습니다 얕으막한 강변 한쪽 끄트머리에선 이쁘고 쓰라린 추억의 은방울꽃이 지천으로 꽃이삭을 희게희게 흔들었습니다

멈추지 마십시오, 계속 걸어가십시오라고 씌어진 이정표가 마지막 화살표를 지우는 곳에는 아아 지상에 충만한 절망의 기운과 희망의 기운이 맞붙어 용광로처럼 활활 타오르는 시베리아 벌판이 기다리고 있었습니다 천의 강줄기에 천의 노을이 찬란한 시베리아, 물굽이 번쩍번쩍 광을 뿜는 그곳에서 나는 처음으로 아름다운 황혼의 섬광에 도취되어 영원 속으로 걸어간 사

람들의 거룩한 합창을 들었습니다 가서 다시 돌아오지
않은 시베리아 죄수들의 영가를 오래 들었습니다

꿈꾸는 가을 노래

들녘에 고개 숙인 그대 생각 따다가 반가운 손님 밥
을 짓고 코스모스 꽃길에 핀 그대 사랑 따다가 정다운
사람 술잔에 띄우니, 아름다워라 아름다워라 늠연히
다가오는 가을 하늘 밑 시월의 선연한 햇빛으로 광내
며 깊어진 우리 사랑 쟁쟁쟁 흘러가네 그윽한 산그림
자 어질머리 뒤로 하고 무르익은 우리 사랑 아득히 흘
러가네 그 위에 황하가 서로 흘러들어와 서쪽 곤륜산
맥 열어 놓으니, 만리에 용솟는 물보라 동쪽 금강산맥
천봉을 우러르네

김 승 희

장미와 가시 外

●略 歷
• 1952년 전남 광주 출생
• 서강대 대학원 국문과 졸업
• 1973년 《경향신문》 신춘문예에 당선 데뷔
• 시집 《왼손을 위한 협주곡》, 《태양미사》,
《미완성을 위한 연가》 등

장미와 가시

눈먼 손으로
나는 삶을 만져 보았네.
그건 가시투성이었어.

가시투성이 삶의 온몸을 만지며
나는 미소지었지.
이토록 가시가 많으니
곧 장미꽃이 되겠구나 하고.

장미꽃이 피어난다 해도
어찌 가시의 고통을 잊을 수 있을까
해도
장미꽃이 피기만 한다면
어찌 가시의 고통을 버리지 못하리오.

눈먼 손으로
삶을 어루만지며
나는 가시투성이를 지나
장미꽃을 기다렸네.

그의 몸에는 많은 가시가

돋아 있었지만, 그러나,
나는 한 송이의 장미꽃도 보지 못하였네.

그러니, 그대, 이제 말해주오,
삶은 가시장미인가 장미가시인가
아니면 장미의 가시인가, 또는
장미와 가시인가를.

짜라투스트라

나는, 한밤에, 일어나,
촛불 아래서
짜라투스트라를 읽네.
이 보통사람들의 시대에.
나는, 오늘도,
한밤중에 일어나
짜라투스트라를 읽고 있네.
이 보통사람들의 시대에.
어제도
오늘도
나는 짜라투스트라를 읽고
아마
내일도
난
짜라투스트라를 읽고 있으리.

이 보통사람들의 시대에
나는 왜 짜라투스트라를 읽고 있나.
닭장만한 새장
아니
이 새장만한 닭장 속에서

왜 보통사람들은
금서도 아닌
짜라투스트라를 읽지 않나.
짜라투스트라를 읽지 않고도
어떻게 저렇게 제정신을 가지고
달캉살캉 보통사람으로 살아가나.

80년대의 이름으로 촛불에게 묻노니

촛불은 소승불교인가?
아니면 대승적인 것인가?

나 어느 조용한 시간에
그대 바라보며 물어보고 싶었네.

촛불 아래 고요히 머리 숙이고
환한 빛 아우라처럼 받으며
글씨 숨쉬며 쓰고 있는
나(민중)에게

촛불은 대승불교처럼
높은 데서부터 낮은 곳에 이르기까지
나를 굽어보며
은은히 그 빛
긍휼히 나누어 주느니

그렇다면 촛불은
대승적인 것이기만 해야 하나.

나는 누구인가?

나는 무엇인가?
소리없이 물으면서 온몸에 울음심지
하나 뜨겁게 박고(허무의 척추로)

화려한 아우라 불꽃놀이
촛불처럼 취해서
홀로 타고 있다고 생각하면 안 되나.

달걀 속의 生·3

달걀 석 줄
삼십 개를 엊그제 사와서
한 개만 남기고
다 먹어치웠는데도
아무 일도 일어나지 않았다.
이래도 되는 것일까.
이럴 수가 있는 것일까.

모든 사랑은 벌에 지나지 않는다고
말한 사람도 있지만
유리창 하나 없는
이 봉사사랑.
가나다라 말문 하나 못 여는
이 벙어리사랑
속에서
넌 또 마지막 하나 남은 달걀껍질 속에 웅크려 앉아
무슨 난생설화를 꿈꾼다는 것이냐.
아니 무슨 난생신화를
기다린다는 것이냐.

난, 그렇게, 12월의 흐린 지평선 아래

웅크리고 앉아
병아리들 종종거리는 어느 봄날의
파란 미나리밭을,
꼬꼬댁 꼬꼬——금빛 닭들이 홰를 치는
어느 태초의 푸른 새벽을
마치 금시조를 기다리듯
꿈꾸고 있거늘

그대, 푸른 접시 위에,
내일 아침
금빛 계란 후라이 하나가
담겼는가. 지붕 위로 푸득거리며 날아가는
황금빛 금시조 한 마리를 보았는가.
그러면 그대, 그때 꼭 한번 더,
나의 안부를 다시 물어주게.

내가 없는 한국문학사

나는 무의미시 순수시의 시대에
순수시를 쓰지 않았고
참여시의 시대에도
참여시를 쓰지 않았다. (쓰지 못했다)
나는 80년대 한국시사의
알 라 모드
해체시의 시대에도
해체시를 쓰지 않았고(못했고)
상업주의적 사랑시의 시대에
사랑시를 쓰지 못했으며(않았으며)
민중시의 시대에도
민중시를 쓰지 않았다. (쓰지 못했다)

요즈음 말로 한다면
독재 지배 이데올로기를 방조해온
매판미학의 일부
흉칙한……
(오, 맙소사, 난 내 죄가 그렇게
추한지 몰랐고
다른 죄도 많기 때문에
난 정말 상처와 피고름으로 인각된

거북이 등처럼 균열된―무늬―
혼비백산을 움켜잡고
언제나 임종전야―언어에
목을 매달고)
아뭏든, 언어가 나의 아멘이었었지.

어느 날 산사에서
하얀 벽지 위에 쥐벼룩이 기어가는
것을 보았다.
손톱으로 막 누르니까
일점 피를 남겼다.
우향좌, 좌향우 같은
어중간 나에게서도
그런 일점 피가 나올까.
깨끗이 도배된 벽지처럼 무늬맞춰 발라진
한국문학사 앞에서
나 오늘 한 마리 쥐벼룩
여류 쥐벼룩(이곳에서 방점은 매우 중요하다)
구원은 없더라도
아멘을! 멈출 줄 모르는 아멘을!
멈출 수가 없으니……

서울 마리오네트

사람들이 급히 걸어가고 있어.
내 앞으로. 시청앞 로터리 지하철 입구
속으로
사람들이 막 삼켜지고 있어.
곱사꽃처럼 등이 불룩한 사람들이.

어두운 바람이 불어
곱사꽃 꽃잎들이 맥없이 헤쳐지자
태엽 달린 등이 보였어.
북치는 곰인형 뒤에 달린 태엽.
시계밥 주는
나사태엽 같은 것이
맨살 위에 환풍기처럼 박혀 있었어.
재깍재깍 둥둥
시계 가는 소리와 북 치는 소리에 가려
숨쉬는 소리가 안 들렸어.

나는 화분에 물을 주고 있었다.
물은 비틀거리면서 바닥으로 떨어지고
나는 물방울의 추락에서
우리를 잡아당기고 있는

아득한 중력의 힘을 느낄 수 있다.
화분 밑에 엎질러진 물을 닦으며
(아, 지구가 둥근 것을
내 힘으로 어찌 한단 말이야?)
난 한 그루 신단수 같은
양초에서 뜨거운 김이 오르면서
뚝뚝 눈물 흘려 삶을 태우는
뜨거운 촛불의 비련을 생각하고서
목이 맵다.

태엽이 풀려가면서 힘이 없어질 때
오, 우리는 양초에 불을 당기는
손을 원하듯이
타인의 손을 그리워한다.
(숨어서 마리오네트 놀리는 사람
그를 만날 순 없다 해도)
태엽 달린 사람들, 그 등까지
서로 손이 닿을 수 있다는 건 그 얼마나
다행이야?
(모든 다행은 결국 비련 속에만
있는 거라지만, 서울 마리오네트,

어차피 지구는 둥글더라도)

무거운 반지

친구여, 나는 시대를 위한 진혼사를
쓰지 않으련다.

1989년 己巳年 달력을 떼려고
높디높은 벽 위로 올라갔지.
의자 위에 의자를 놓고
의자 위에 공기베개를 놓고
닿을락 말락
높은 벽 위에 못박혀 있는 달력으로.
(누가 이렇게 높은 벽에다
시대를 매달아놓았나?)
못에 걸린 달력 고리는
흔들흔들하면서도 내 입속 깊숙한 충치처럼,
쉽게 빠지지 않았네.
의자는 흔들흔들, 달력은 비틀비틀,
난 그만 의자에서 떨어지고 말았지.

사실 그 마지막 달력그림에게서
난 얼마나 위안을 받고 있었던가.
백조가 떠 있는 호숫가에서
한 소년이 몸을 굽히고

반지를 찾으려고 들여다보고 있네.
세상을 정복할 수 있고 바꿀 수 있는
힘을 가진 반지.
소년은 아직도 그 반지를 못찾아
몸을 굽히고, 눈덮인 호수 속을.

의자에서 떨어진 나는
뼈 하나가 부러져버렸다.
(시대를 바꾸기가 그렇게 쉬운 줄
알아?) 그 낯선 생각이 갑자기 나를
놀라게 한다.
뼈와 뼈 사이에 갈라진 틈.
그 갈라진 틈을 메우려고
하얀 회칠을 한 석고붕대를 허리에
매고 누워서
난 나의 꿈보다 내가 더 무거웠다는
사실을 깨닫는다.
그리고 왜 달력그림은 나동그라진
내 얼굴 위에 달라붙어
악마의 보자기처럼 한동안 후들거리고 있었던가를.

그리고 아마도 아무리 오랜 시간이
흘러가도
내 뼈에 녹슨 검은 금은
나의 육체 속에서 그 반지와의
연결성을 생각하리라.
그때 높은 벽이 있었고
반지를 들여다보고 있던 소년. 눈덮인
호숫가.
그리고 우연히도 의자에서 떨어진 나.

석고붕대를 허리에 매고, 나 엉금엉금,
그 반지를 더듬거리네. 바닥에서.
우연히 땅바닥에 떨어진 반지. 그
불꽃들의 동그만 씨앗들을.

고요한 밤 거룩한 밤

요즈음 겨울밤에는 귀뚜라미가 울지
않는다.
참으로 이상하다, 귀뚜라미들조차 안 움직이는
역사 앞에서 기진한 것인가.
절필한 귀뚜라미들. 아무것도 울지 않는
겨울밤이 아무래도 이상한 것 같다.
이런 행복은 마음에 들지 않는다.

그런데 친구여, 나는 삶이 무섭구나.
아침마다 욕실에 들어가면
물을 받아놓은 욕조 안에
둥둥 떠 있는 귀뚜라미들의 시체.
누가 나더러 귀뚜라미 의문사를
물어보지 않는데도
나는 왜 하얀 배를 위로 뒤집고
둥둥 떠 있는
귀뚜라미 시체들이 시대의 비밀처럼
못견딜 정도로 무서워 오느냐.

나는 자식들에게 가르칠 것이
아무것도 없다.

결국 이 죄 많은 세상에 죄짓지 말고
살라는 말도 자신있게 할 수가 없다.
80년대식 귀뚜라미는 그렇다.
순정의 말이 아직 남아 있어
떳떳이 죽지도 못하고
공개적으로 의문사를 남긴다. 공개적
의문사보다 더 많은 말이 세상에 존재하는가.

그래도 밤은 고요하다.
고요한 밤 거룩한 밤.
그래서 침묵이 돋보인다.
침묵의 무늬만 빙빙 물음표를 감싸며
벽지 위를 돌고 있다.

진주 기르기

심야에, 멍청히,
제시카의 추리극장을 보며
누워 있는데
긴급한 파발마 글씨로
하얀 자락이 달려 간다.
RH마이너스 B형 혈액을 급히 찾습니다 신촌 세브란
스 병원 392의 0161 응급실로 빨리……

나는 RH마이너스 혈액이
없어서
그냥 누워서 양파링을 바삭바삭
먹으며
TV를 본다.

누가 나를 불렀나?
유리창에 가득찬 밤이
내 얼굴을 쳐다보는 것 같아
등을 돌리고 누우며
홀로 한번 더 말해 본다
나·는·R·H·마·이·너·스·피·가·아·닌·
데·뭘……

그렇게
80년대는 저물고
피 한방울 손해보지 않은 나는
그 시대에 피 한방울 보태지 않은 나는
양파링처럼 너무도 유순하게
누군가의 깊은 목구멍 속으로
자꾸만 녹아들어 가고 있는 느낌이다.

이렇게 녹아버려도 좋은 것일까
이렇게 삼켜져도 되는 것일까
몸 속에 자꾸만 돌이 쌓여가는 기분으로
잠들었다가
(목구멍까지 돌이 차오르면
우린 행복하게도 잠수성공 익사성공
을 이룰 수도 있었을 텐데)

아, 안돼, 잠옷 같은 수의를 떨치고
바람 같은 신발을 신고
어둠의 눈물 묻은 대문을 나서며
나는 신촌 세브란스 병원이 있다는
새벽의 방향으로

푸르게 푸르게 달리기 시작한다.
내 비록
R · H · 마 · 이 · 너 · 스 · B · 형 · 피 · 는 · 없 · 지 · 만
......

벽을 느낄 때

벽에 기대지 마시오!
벽을 마주보시오!
이런 말이 등뒤에서 들려오는 것 같다.
그러나 나는 벽에 기댄 사람.
기대고 있으면
벽이 참 편하다는 느낌이 든다.

베를린 장벽이 무너지던 날
한 청년이
이미 열려진 브란덴부르그 벽에 매달려
작은 망치로 끌을 내려치고
있었다.
장벽은 무너졌는데
당신은 왜 벽에 구멍을 뚫고 있나요?
그 청년은 대답하였다.
이 장벽에 나의 구멍을
내고 싶기 때문이오.
모든 사람이 자기 구멍을 가지려고
할 때
벽이 무너지는 것이라는 걸
세계에 보여 주고 싶기 때문이오.

나는 너무 오랫동안 벽에 기대어
있었기에
이 벽이 내 육체의 일부라는 느낌을
수정하기가 어렵다.
우리는 나란히 벽에 기대어
길 건너 가로수 길에
희미한 휴지들이 날아다니는 것을
바라본다.
등뼈가 물렁물렁해진다.
뼈에 구멍이 뚫리려는 것인가?

벽의 의존 속에 빠져드는
나날의 장벽 앞에서
벽에 등을 대고 있으니
벽이 안 보인다.
벽이 먼 데 있는 것 같다.
아니 벽이 없는 것 같다.

김 용 택

큰 물外

●略 歷
- 1948년 전북 임실 출생
- 순창 농림고 졸업
- 1982년 창작과 비평사의 《21인 신작시집》으로 데뷔
- 제 6 회 김수영문학상 수상
- 시집 《섬진강》, 《맑은 날》등

큰   물

몇날 며칠 비가 내린다
강물이 강변을 덮고
텃밭 밭두렁 너머까지
큰 붉덩물이 출렁이고
동네 사람들은 물가에서
뒷짐지고 서거나
물가에 쭈그려 앉아
쿵쿵쿵 물구경 하고
누구 집에서
호박부침을 하는지
고소롬한 냄새가
마을에 슬슬 퍼진다

몇날 며칠 비가 내리고
저녁 내내 물이 불어서
강변을 넘어
강가 벼를 쓰러뜨리고
밭가 강냉이를 쓰러뜨리고
출렁이다가 빠지고
아침이면
사람들은 물가에 나가서

돼지 떠내려가는
무서운 물을 보다가
오늘은 뉘집 차례드라
어슬렁어슬렁 물가에서 돌아오며
호박부침 냄새를 따라
생수 터진 고샅 물을 차며
마루에서도 보이는
큰물을 보며
먹장구름 몰려다니는
하늘을 보며
쿵쿵쿵 큰물 소리 들리는
무서운 밤을 맞는다.

그리운 꽃편지·7

가을이다
선들바람 부는
길가에
들패랭이꽃 한송이를 따서
너에게 주랴
풀벌레 우는 풀밭 속에 피는
들국 한송이를 꺾어다가
너에게 주랴
이 세상의 모든 그리움들이
길이 되어
이 세상으로 하얗게 뻗는
가을 저녁
꽃을 들고
너에게로 가는 길들은 모두 막힌다
돌아갈 길도 캄캄하게 어두워
풀벌레만 울어대는
이 가을 저녁
이 세상의 모든 그리움들은
별이 되어 반짝인다
내가 지금 너에게 줄
꽃 한송이를 들고 있음을 생각하며

너도
이 남쪽 하늘을 보렴
선들 바람 부는 가을 밤길에서.

그리운 꽃편지 · 8

가을입니다
봄도 그렇지만
가을도 당신 없이
저렇게 꽃이 피니 유난합니다
봄꽃도 그렇지만
가을에 피는 꽃을 보며
꽃이라고 속으로는 쓰지만
꽃이라고 참말로는 못하고
꽃빛에 눈시울만 적십니다

우린 언제나
꽃을 꽃이라 부르며
꽃 앞에 앉아 볼는지요
우린 언제나
꽃을 꽃이라 부르면
꽃이 꽃으로 보일는지요

가을입니다
봄에도 그렇지만
가을에도 강변에 당신 없고
꽃밭이어서

눈시울만 붉힙니다

그리운 꽃편지 · 9

너희집 뒤안에서도
바람없이 붉은 감잎이 지는 소리가
들리느냐
감잎 지는 소리에 놀라
언뜻 부엌문 열고 내다보면
어느새 노랗게 감이 익느냐

저녁밥 먹고
텃논가에 서면
에둘에둘 논두렁에서
지렁이 울고
너는 지금 어느 별을 더듬어 찾느냐
한참을 너를 생각하니
별 하나가 어렵게 살아난다
그 별을 보다가
마당 불빛 안에 들면
울밑에선 봉숭아 꽃잎이 진다
갈 수 없는
너희집 마당
장독대 밑에도
저렇게 봉숭아꽃이 지고

이렇게 가을이 왔느냐
문닫힌 창호지
따뜻한 불빛 아래
나는 지금 서 있다.

진달래 진달래야

진달래 진달래야
진달래 진달래꽃 피고 진다고
빈 산 빈 산 소쩍새 울음 따라
빈 산 뒤에 가서
진달래 진달래꽃 보며 울었습니다.

진달래 진달래야
진달래 진달래꽃 보며
서럽고 눈물나는 것은
당신 없는 빈 산 빈 자리
진달래 진달래꽃 피었다가
진달래 진달래꽃 지기 때문입니다.

진달래 진달래야
진달래 진달래꽃 피고 진다고
빈 산 빈 산 소쩍새 우는
빈 산 뒤에 가서

진달래 진달래야
진달래 진달래꽃 꺾어들고 울었습니다.
산이랑 울었습니다.

김용택 97

이 가슴이 터지도록

두 손을 모아
가슴에 얹어봐요
따순 가슴에 피 뛰어요
따순 피로 살아 뛰어요
감춘 가슴들을 풀어 헤치고
맨가슴을 땅바닥에 비벼봐요
들려요 당신의 맑은 피 흘러
땅 울리는 소리
이 가슴이 고동쳐요
눈을 비비며 눈을 떠봐요
그 맑은 오월의 첫새벽 두 눈동자로 보세요
나 여기 있고
당신 거기 오래 꽃 펴 있어요
풀내나는 숨결
들꽃 피운 고운 눈동자
돌아 누우면 맞닿을
당신의 흙가슴
온몸 더운 피 흘러요

이대로는
이대로는

정말 이대로는
당신 그리워 못살겠어요
한번만, 한번만
반도 복판에 북을 쳐요
이 가슴이 터지도록
북을, 북을 쳐요
저 하늘이
한 하늘로 터지도록

불과 비

불길이다 불길！
김제만경 벌판의 불길이다
뙤약볕을 뚫고 치솟는 저 불길 위로
비다！ 비다！ 비다！ 비가 내린다
비 맞으며 지금 꺼지는
김제만경 저 불길은
참말로 꺼지는 것이냐
땅 속으로
거대하게 거대하게
봉준이네 숨결처럼
일단 숨는 것이냐
불길이다
비다.

단   식

그대들의 단식으로
우리들은 배고파
그러나, 그대들의 배고픔은
어찌나 깨끗한지
우리들은 밥에 눈멀지 않고
우리들의 배고픔은
그대들의 배고픔에
눈 감지 못하고
이 세상이 다 보여
배고픈 데서는
더 잘 보여서
그대와 우리들의 깨끗한 내장까지
그대와 우리 내장의 하얀 쌀밥티 하나까지
잘 보여서
김제만경 보릿대 타는
불빛 아래
흘린 보리알 한 톨까지
잘 보여
잘 보이네.

해화에게

오월이다
오월이 오면
이 세상 많은 사람들이 생각나고
이 세상 많은 일들이 생각난다
많은 사람들과 많은 생각 중에
이 순간 네 생각이 나고
너에게서 내 생각이 머문다
오랜만이다
너에게서 머무는 이 순간
너의 망치 소리가 들리고
못자리해 놓은 논두렁 자운영꽃들이
쇠망치가 부딪친 쇠의 불꽃처럼
피어난다
해화야, 너는 어디 있느냐
이따금 창원에서 마산에서 부산에서
형, 나 여기 내 각시랑 내 새끼랑 있다고
전화하던 너는
또 어디로 가서 또 다리를 놓느냐
이 세상의 다리를 다 놓아도
갈 수 없은 북녘의 다리는 놓을 수 없다던 너는
언젠가는 시를 쓰듯

저 북녘땅 가는 다리를 놓겠다던 너는
이 좋은 오월
어느 강을 건너는 다리를 놓느냐
보고 싶구나
네가 놓은 다리를 건너가서
너를 만나고 싶구나
오월이다
이 세상 가고 오는 다리를 놓고 있는
네가 보고 싶구나
소쩍새 운다
이 편지 보거든
나 여기
푸른 강 건너가는 다리를 놓고 있다고
소식 주렴

백산에 올라

눈길 끝이 닿지 않는 저 땅 끝에서
저 땅 끝까지
똥끝이 타는 목마른 봄이 온다
저 끝없는 벌판 위에 엎드려 땅을 파던 농군들이
억눌리고 짓눌린 몸을 펴고
가보세 가보세
을미적 을미적
병신 되면 못 가보리
밥값 내놔 밥값 내놔
서러운 소쩍새 소리로 울며
죽창 끝 시퍼런 분노로 찾았던 나라 빼앗기고
가도 가도 핏빛 황톳길 넘기 백년
낮은 산을 넘고 넘어
동학길을 따라가는
눈물이 타는 이 봄 김제만경
쌀밥 봉우리같이 솟은 백산에 올라
사방십리 쌀밥에 번지는 핏빛 저멀리 활활 타는 황토
여
죽산 백산 죽창 끝이 검게 타는
서러운 김제의 봄이여
끝나지 않는 싸움의 땅이여.

李 昇 熏

그에겐 행복이 생겼다 外

●略 歷
- 1942년 강원 춘천 출생
- 연세대 대학원 국문과 졸업
- 1962년 《현대문학》 추천으로 데뷔
- 1983년 현대문학상 수상
- 시집《사물 A》, 《환상의 다리》, 《당신의 초상》,
《사물들》, 《당신의 방》 등

그에겐 행복이 생겼다

그에게도 꿈이 많던
시절이 있었다
그러나 그러나 그러나
어느날 그에겐 흰머리가 생기고
등이 휘고 토지가 사라지고
후배들은 그를 우습게 여기고
그에겐 코가 사라졌다
그에겐 입도 사라졌다
에로스도 사라지고
그를 지키려는
욕망도 사라지고
에고도 사라졌다
그에겐 성욕도 사라졌다
마흔 살이 넘자
그에겐 육체가 사라졌다
그는 육체를 추방한 건 아니다
그의 육체는 스스로 사라졌다
아아 그렇다고
정신만 있는 것도 아니다
그에겐 정신도 없다
애인을 껴안을

힘도 없다
작은 침대에
등을 구부리고 누워
「어쩜 이대로 죽을지도 몰라」
중얼대며 잠드는 그는
자는 게 제일
행복하다는 걸
비로소 배웠다
자는 건 어린애가
되는 거다
말할 줄 모르던
행복한 시절로 돌아가는 거다
그에겐 행복이 생겼다
마흔 살이 넘자
칼은 없지만
모자도 없지만
주사기도 없지만

안개 낀 부두

오늘도 나는
안개 낀 부두다
머리가 아파서
옛날 애인
생각이 나서
옛날 시 쓰던
생각이 나서
조용히 웃지만
내 안에
있는 바다를
너는 몰라
안개 속에 있는
이 커단 바다를
너는 몰라
해가 지면
내 피는
모두 증발하지
내 가슴도 증발하지
증발이 아니야
누가 삼키지
내 머리도

누가 삼키지
내 섹스도
누가 삼키지
깊은 밤
너를 껴안던
나는 시체였지
지겨워서 그랬지
외로워서 그랬지
한번 더 높은 산에
오르려고 그랬지
한번 더 높은 산에
고여 있는 꿀을
마시려고 그랬지
안개 낀 부두엔
바다가 있지
너는 몰라
담배를 피우며
조용히 웃던
너는 몰라
안개 낀 부두엔
추운 남자가 있지

지친 남자가 있지
너는 아니라고 말하지만
지금도 들리지
거기 있는 바다
너는 아니라고 말하지만
다신 안개 속을
헤매지 말라고 하지만
나에겐 다른 길이 없어
그래서 조용히 웃지
오늘도 나는
안개 낀 부두야

봄이 오던 날의 대화

여자 : 다시 태어나면
      무얼 하고 싶어?
남자 : 다시 태어나길
      바라는 게 죄야
여자 : 그러니까 만약
      다시 태어난다면
남자 : 그땐 물새나 그리는
      화가가 되고 싶어
여자 : 그래 그런 화가
      물새만 찾아다니며
남자 : 언제나 물새만 그리는
여자 : 밥은 누가 먹여주고?
남자 : 그렇군 다시 태어나면
      밥 걱정이나 없었으면
여자 : 한세상 물가나 찾아다니며
      물가에서 오리 뻐꾸기 귀뚜라미
남자 : 뻐꾸기는 물새가 아니야
여자 : 왜 아니지?
남자 : 어째서 뻐꾸기가 물새야?
여자 : 내가 물새라면
      물새가 되는 거야

남자 : 그렇군 원칙은 없으니까
여자 : 다시 태어나면 정말
         무얼 하고 싶어?
남자 : 시인은 괴로워
여자 : 편안한 시인도 있지
남자 : 그럼 시를 못쓰지
여자 : 다시 태어나면
남자 : 언어는 골치가 아파
여자 : 과연 우린
         다시 태어날 수 있을까?
남자 : 난 지은 죄가 너무 많아
여자 : 그건 나도 그래
남자 : 나무를 봐
여자 : 봄이 오려나 봐
남자 : 벌써 봄이 온다고?

여자와 남자 멍하니
창밖을 본다

두 개의 머리

그의 머리엔
또 하나의 머리가
붙어 있네
그는 그것도 모르고
오늘도 거리를 걷네
그는 자신의 머리에
다른 머리 하나가
붙어 있다는 사실도 모르고
웃음을 터뜨리네
그는 자신의 머리가
언제나 하나라고 믿네
어머니 자궁에서 나올 때
달고 나온 머리만
있는 줄 아네
그는 그걸 믿네
믿는다는 게 속는 것임을
그는 모르네 세상에 나온 후
그의 머리엔 다른 머리
이를테면
사기꾼의 머리
도둑놈의 머리

예술가의 머리
노름꾼의 머리
알콜중독자의 머리
따위가 새로 붙게 되었음을
그는 모르네
그는 그것도 모르고
오늘도 거리를 걷네
오늘도 사무실에 앉아 있네
사무실에 앉아 사무를 보네

이 종이에

이 종이에
무얼 쓸까
이 하얀
이 창백한
이 물보라치는
얇은 종이에
너의 이름을 쓸까
가을의 뼈에 대해 쓸까
네가 찾아온 날의
환희에 대해 쓸까
지나가는 가느다란 바람에
날려 버릴까
푸른 건 가냘프다고 쓸까
이 하얀
이 부끄러운
이 죄많은
얇은 가슴에
가을은 스미건만
무슨 목적이 있느냐
오늘 부는 바람
무슨 의미가 있느냐

시간이 정지한
가을 햇살에
발을 담그면
발은 그대로
폭포가 되는
이 가을
하얀 종이에
슬픈 에세이를 쓸까
슬픈 독수리 하나
떠 있다고 쓸까
이 병든
이 하얀
이 펄럭이는 가슴에
정말 무얼 쓸까

말라가는 밤

말라가는 밤
공기에 닿는 밤
공기에 닿아
흩어지는 밤
다시 모이는 밤
이 밤 속에
네가 있다
대낮인데도 가득한 밤
양복이 되는 밤
양말이 되는 밤
머리칼이 되는 밤
손톱이 되는 밤
피가 되는 밤
이 밤을
너는 깨문다
차가운 밤
말이 없는 밤
수염만 있는 밤
추억만 있는 밤
배꼽만 있는 밤
밤 속에 계속되는 밤

떨어지는 밤
휘날리는 밤
허기를 아는 밤
입술이 되는 밤
항문이 되는 밤
페니스가 되는 밤
우산이 되는 밤
날아가는 밤
이 밤 속에
이 밤 속에
작은 바다가 있다

시간은 무우

시간은 무우
한 입 베어 먹으면
시간은 파
시간은 파랗다
시간은 절망한다
시간은 달려간다
너와 나 사이에
돈과 돈 사이에
여자와 여자 사이에
남자와 남자 사이에
뒹구는 시간
깨지는 시간
정치와 정치 사이에
도덕과 도덕 사이에
끼어드는 시간
때로는 거미인 시간
때로는 거위인 시간
때로는 가위인 시간
때로는 자위인 시간
때로는 자학인 시간
하늘도 시간 땅도 시간

오늘 저녁도 시간
오늘 저녁의 피로도 시간
이 방도 시간 이 방의
책상도 시간
가슴도 시간
가슴의 전쟁도 시간
이 손도 시간
이 손이 만지는
너도 시간
모두가 시간투성이다
와이샤쓰에 매달린 시간
슈미즈에 펄럭이는 시간
넥타이에 스미는 시간
이상하구나 오늘은
시간만 보이는구나

다시 황혼

허나 너는
내가 아니다
깊은 밤
약으로 뒤덮인
내가 아니다
나는 너를
나라고 믿었지
우린 황혼에 만났지
달콤했던 황혼
그대로 헛바닥이 되어
나를 핥던 너의 손
잊을 순 없으리라
허나 으스러진 황혼
생각을 하면
가슴이 아파
오늘도 여름해만 쏟아지는
아스팔트에 서면
갑자기 전신이 마비되는
난 이마에 손을 대고
너를 부른다
넌 내가 아니지만

술로 뒤덮인
온몸에서 단내가 나는
지금도 어디선가
독한 술을 마시고 있을
거미같은 남자
잊을 수도 있으리라
시방 현란한 여름
피로 뒤덮이는 황혼
이 개같은 황혼 속에서
너를 부른다
넌 내가 아니지만
어쩜 넌 나인지 모른다
인간은 모두 같기 때문이다

여름 전화

모두가 호모야 호모
창밖엔 햇살이 쏟아지고
갑자기 거미 생각이 나서
전화를 걸었지
너는 듣기 싫다고 오늘도 바쁘다고
거미 같은 건 안중에도 없다고
마치 난중일기 같아 사는 게
창밖엔 갑자기 분노와 외롬이 쏟아지고
나는 다시 다이얼을 돌린다 너는
다시 전화를 끊는다 끊지 마 제발
조금만 더 들어줘 나는
다이얼을 돌리고 너는 또
전화를 끊는다 창밖엔 병원뿐이야
듣기 싫어 아니야 시장 바닥에
떨어지던 봄 햇살 생각이 나서
내 목소리는 차츰 작아진다
어제 가늘게 내리던 비
생각이 나서 전화를 걸었지
내 목소리는 차츰 사라진다
어제 말이야……아무튼……나는
……거미가……결국은……모든 게
……

너는 없다

가슴만 조이며
거리를 걷는다
하루종일 걷는다
너는 없다
너의 흔적만 있다
흔적은 무섭다
너는 없고
너의 그림자만 있다
너의 그림자를 밟고
거리를 걷는다
팔레스타인 같은
먼지만 나는
나만 있다
역은 없다
기다림도 없다
이젠 절망도 없다
절망할 수 있던 때는
희망이 있던 때
그러니까 오늘은
무슨 말도
할 수 없다

네가 없기 때문에
나도 없다

崔 斗 錫

빈　집外

●略　歷
• 1955년 전남 담양 출생
• 서울대 대학원 국문학과 졸업
• 1980년 월간 《심상》으로 데뷔
• 시집 《대꽃》, 《임진강》 등

빈   집

　여린 새순 쪼아먹던 닭이 없으니 울 밑 구기자 제멋
대로 웃자라 휘늘어지고 호박벌 몇 마리 마당의 배추
꽃과 장독대의 무우꽃 사이에서 오락가락 분주하였다.
추녀 밑 제비집은 거미줄에 둘러싸여 더 이상 보금자
리 아니라고 말하고 안방 벽에 걸린 지난해 달력의 억
새가 바람에 숨 죽인 울음 소리 날렸다. 헛간에는 농
사꾼의 손을 떠난 지게 쟁기 작두 덕석 등이 깊은 잠
에 빠져 만져도 깨어날 줄 모르는데 부엌에서는 젊은
어머니가 홀연 파뿌리 할머니가 되어 불 붙은 부지깽
이를 손에 쥔 채 어디론가 핑 달려나갔다. 불러도 대
답도 없이 귓가에는 호박벌 날갯짓 소리만 오래 웅웅
거렸다.

안양천 메뚜기

라면 봉지, 팔 꺾인 인형 따위를 띄우고
시꺼멓게 흐르는 안양천
천변의 바랭이 풀밭을 걷다가, 떼를 잃은
메뚜기 한 마리 보았다

벼 이삭이 누렇게 고개 숙일 무렵
유년의 들판을 온통
날개 치는 소리로 술렁대게 했던 메뚜기
그래 너를 이십 년 만에 만나는구나

──메뚜기
──뛰었다
──어디로
붙잡으러 뛰어다니다 술래잡기가 되고
그렇게 꼬리를 물고 놀이는 이어지고
쉴참에는 논둑에서 나란히
누구의 오줌발이 멀리 뻗치는가
시합도 하고

사타구니에 거웃이 돋을 무렵
놀이는 끝나 동무들 뿔뿔이

고향 떠났다
아니 고향에서 살 수 없었다
메뚜기가 들에서 살 수 없듯이

돌연한 불청객에 놀라 이리 뛰고 저리 뛰다
이제 사뿐히 풀잎 위에 올라앉아
쉴새없이, 더듬이를 움직이는
메뚜기를 보며 문득 생각한다
소꿉놀이의 단짝이던 계집애를

그리워한다. 앉아서 누어도
오줌발이 사내애들보다 멀리 뻗치던
명님이, 풍문에 의하면 니나노집
작부가 되었다는 계집애를.

심봉사
—— 아버지가 죽었을 때 하던 일 중단하고 꼬박
삼년상을 치렀다는 한 양공주의 삶에 대하여

해방 조국에 돌아온 일가족이
굶어 죽는 꼴 볼 수 없어
심청이가 외국 뱃놈과 거래하듯
몸을 판 여자가 있었다

그녀를 밀가루 포대로 산 남자는
흑인 로이 대위
남동생을 통역으로 취직까지 시킨
대위의 성의를 무시할 수 없었다

대위가 귀국하던 날
그녀는 늙은 소나무를 타고 올라가
떨어졌다
거울 뒷면 수은을 긁어 먹었다
그렇지만 아이는 떨어지지 않았다

검둥이 아이를 데리고
진해에서 부산으로, 부산에서 동두천으로
그녀는 이른바 양색시였다
미군들은 미제 물건을 뒷거래한 돈으로

그녀를 데리고 살았다

삼단 같은 머리채 성긴 백발로 변하고
이제 현역에서 은퇴했으되
한반도 미군 철수는 도무지
꿈도 꾸지 않는 할머니,
누가 그녀의 생애에 돌을 던지랴
이 땅의 심봉사인 사내들이여.

고인돌

능주 가는 길
도로가에 고인돌이 흩어져 있다
그 중 하나에 쓰인 페인트 글씨
햇빛에 선명한 반공 구호

돌 밑의 족장이
몇 살에 들소의 정수리를 찌르고
몇 살에 뿔에 받쳐 죽었는지 하는 이야기는
그의 머리카락처럼
찾을 수 없다

돌 밑의 족장이
몇 장의 호랑이 가죽을 소유하고
몇 명의 여자와 상관했는지 하는 실화는
그의 뼈가 삭아내리듯이
사라지고 없다

다만 한 가닥 뼈아픈 전설이 있어
옛날 당나라 소정방이
백제를 멸망시켜 동네마다 잿더미를 만들고
백제가 다시 일어서지 못하도록 고인돌로

지맥의 급소를 눌러두었다는 것이다

그렇다면 저 반공 구호는
신라 군부가 적어놓은 것일까
외세에 붙어 동족을 망침으로써
청사에 빛나는 김춘추,
춘추의 망령을 부르는 부적일까.

여우고개

고개 위에 나뭇짐 받쳐놓고
땀을 닦던 총각의
귀 잡고 입 맞추었다는
꽃 같은 색시는 나타나지 않았다
총각의 혀를 빨아 혼을 빼내갔다는
색시로 둔갑한 여우는
제 발로 나타나지 않았다

수천 사람 혼을 빼먹은 여우는
이제 손발처럼 경찰을 부려
수백 명의 투구 쓴
백골단 보내 길을 막았다
파주군 조리면 운천리, 여우고개 넘어가는
아스팔트 미끈한 통일로에서
통일염원 사십오년 삼월
민들레 꽃망울 터지던 날에

남북작가회담 추진하러 판문점 가던
검은 머리 흰 머리 글쟁이 일행은
모조리 붙들려
경찰서 지하 유치장에 처박혔고

통일로 길가에는 그날
때이른 꿀벌 한 마리
군화발에 짓밟힌 민들레꽃 속에
문드러져 있었다

그날 밤 잠 못 이룬 한 시인은
유치장 쇠창살 붙들고
부르터진 입술로 노래하였다
　「간다, 기어이 간다
　남한과 북조선의 농사꾼이
　함께 모내기하는 들에서
　들밥을 먹고
　간다, 기어이 가고야 만다
　노동과 로동으로 놓은
　다리를 건너
　오직 하나일 수밖에 없는
　조국의 품으로」

농   섬

  황사바람 뿌옇게 부는 토요일, 고온리 사람들 창자
울리는 폭격기 폭음 들리지 않는 날이다. 고온리를 쿠
니로 들은 양키들, 이른바 쿠니 사격장이 쉬는 날이
다. 며칠 전「사격장을 아메리카로」라고 외치며 철조
망을 넘어가 과녁 위에 누웠던 주민들 몇은 경찰서 유
치장에 갇혀 있고 시위 재발 대비해 사격장 한 켠에
백골단 진치고 있는 날이다. 그래도 목구멍이 포도청
이라 휴일에만 출입할 수 있는 드넓은 갯벌에는 도요
새 게구멍을 파고 남정네들 낙지를 잡고 아낙네들 조
개를 캔다.

  물 들면 물살에 몸을 적시다가 썰물 때면 갯벌 위로
떠오르는 섬. 온갖 바다새 뭍새 알 낳아 품던 무성한
숲은 신기루가 되고 이제 풀 한 포기 자라지 않는 벌
거숭이 섬. 농섬에서 쇳덩이를 캐는 사람도 있다. 섬
에 쏟아지는 하고많은 폭탄, 폭탄이 박아놓은 쇳덩이
다. 육이오 때부터 폭격이 그치지 않는 농섬. 필리핀
이나 괌의 미군기까지 날아와 전쟁 연습하는 농섬. 폭
력으로 처참하게 무너지며 새삼 식민지가 무엇인지 묻
는 농섬. 너를 귀머거리 벙어리라 여기며 등 돌리는 자
누구인가. 너의 간절한 외침 파도소리에 실려오는 데
귀에 말뚝 박고 태극기를 높이 흔드는 자 누구인가.

전만규

　종잡을 수 없는 유탄, 귀머거리 만드는 폭음 무릅쓴
채 고향에 남아 산다는 것이 바보짓이라고 느낀 적도
있다고 했다. 그렇지만 없는 자 고향 뜨기가 있는 자
이민가기만큼 쉬운 일인가. 화성군 쿠니 사격장 육십
일대째 토박이 전만규, 그리하여 그는 고향을 버리는
대신 되찾는 일에 뛰어들었다. 뻘밭에 고등껍데기 뒤
집어쓰고 기다 기총소사에 비명도 없이 죽는 게새끼처
럼 살 수는 없다고 다짐하였다. 폭격으로 귀비섬 사라
지고 농섬 무너져가는 마당에 더 이상 물러설 곳 없다
고 생각하였다. 그렇게 생각하니 자신의 고향 고온리
가 조국으로 보이더라고 했다.
　그는 지금 수원에서 징역밥 먹고 있다. 휴지가 된
청원서 진정서 집어치우고 사격장 울타리 뛰어넘은 죄
이다. 조용하던 주민들 선동해 미공군 폭격훈련 줄기
차게 방해한 이른바 이적죄이다.

교과서와 휴전선

밑 빠진 항아리에
물 붓기는 아니라 하지만
천차만별 중구난방인 학생들 마음에
고루 스미도록
교단에서 진실 말하려면
얼마나 하염없는 인내가 필요한가
윤선생은 오래 기다리다 결국
교원노조 운동으로 교단 떠날 즈음에야
다음처럼 수업 준비하였다

먼저 묻는다
왜 한강에 배가 드나들지 않느냐고
강이 깊지 않아서가 아니라
하구에 휴전선 그어졌기 때문이라는
확실한 목소리 들으려면
스무 고개 넘어야 하리라

임진강 만나 밀물로 역류하다
썰물 타고 굽이치는 한강, 강물에
보이지 않는 휴전선 있듯
밤낮 붙들고 씨름하는 교과서에도

휴전선 그어져 있다고 말한다
독재 권력이 독재 유지 위해 설치한
교과서 속 지뢰밭
앞으로의 숙제로 찾아보라고 말한다

교과서에게 통일은 어떻게 될 수 있나
물어보라, 물어보고 침묵의 혹은
거짓의 완강한 벽 느꼈을 때
그것이 휴전선이라고 말한다
허구한 날 사지선다형 문제에
쳇바퀴 돌리는 다람쥐로
청춘을 갇혀 있게 하는 것
그것이 바로 휴전선이라고 말한다

교과서 만든 교육개발원은
남아도는 미국의 밀가루와
옥수수 차관으로 수립되었고
사지선다형 문제는
차관으로 미국 유학간 자들이
수입해왔다고 말한다
휴전선 만든 주범은 미국이지만

휴전선 뚫는 일은 온전히
우리의 소명이라고 말한다

반짝이는 혹은 의아해하는
눈빛 온몸으로 느끼며
이런 말 하는 선생을
수상쩍게 보는 놈 있다면
녹슨 철모 뒤집어쓴 그의 머리에도
휴전선 그어져 있다고 말한다.

샘터에서

새벽 노을 속
까마귀떼 잠 깨어 날아오른다
깃들인 자리 대숲
댓잎에 내린 된서리에
부리를 닦고
사나운 꿈자리
날개짓으로 훨훨
털어내며 날아오른다
눈녹이물 다시 논밭에서
서릿발로 일어선
텅 빈 들판 위로
한 마리 두 마리 세 마리……
칼날 바람 타고 잇달아
솟구쳐 오른다
어느새 수백 수천의 까마귀
결빙의 하늘에서 만나
원무를 춘다
거친 숨결 하늘에 뿜어
드디어 능선 위로 불끈
해가 솟는다.

무등산

밤하늘에 횃불로 타오르다
쓰러져 온몸으로
역사가 된 형제들
죽어서도 철야 농성하는 산

적의 작전지도에 붉은
잉크 자국 마를 날 없는 산
그 자리마다 포탄 떨어져
여기저기 웅덩이 파이고
그 위로 재빨리
칡넝쿨 기어가 뿌리박아
더욱더 무성해지는 산

그대 누워 지키는
굽이마다 고개마다
그윽히 끼치는 향내
자주 칡꽃 피어나 흔들리고
끝내 앗길 수 없는 희망 찾아
이리저리 한사코 바닥으로
포복해가는 산.

詩의 넓이, 깊이, 말솜씨

올해로 素月詩文學賞은 네번째 수상자를 내보내게 된다. 네번째는 야구로 치면 최장타를 날리는 타자가 등장할 차례다. 그래 이번에는 심사위원들 모두가 상당한 기대, 긴장감과 함께 여러 시인들의 작품을 읽고 생각했으리라고 본다.

문학사상사에서 넘어온 심사대상 작품은 여섯 분 시인들 것으로 모두 60편이 넘었다. 우선 작품 수량들부터가 풍작에 속했다. 뿐만 아니라 여러 시인들의 작품 수준들도 예년에 비해 크게 향상되어 있었다. 사정이 허락한다면 이들 모두에게 상장과 상패가 주어질 수 없을까 생각해 본 것이 솔직한 심정이다. 몇번이나 앞 뒷장을 넘겨보고 그래도 네 편이 남는 경우에는 되풀이해서 읽어본 작품들도 상당수에 달했다. 그리고 마지막까지 아끼고 싶었던 것이 李昇薰, 김승희, 李晟馥

등의 詩들이다. 평소 나는 문학상이 두 개의 조금 이해가 어긋나는 감각을 동시에 수용할 필요가 있다고 생각해온 사람이다. 그 하나는 작품이 확보한 질적 수준이다. 그리고 다른 하나는 작품 제작자의 생활내용, 정신활동 같은 것이다. 내 판단에 큰 잘못이 없다면 어떤 시인들은 몇번의 감칠맛이 있는 작품을 일정 시기에 써서 발표한다. 그리고는 곧 그 이상의 탈각작용 없이 수면상태에 빠져드는 것이다. 그러니까 모처럼 설정된 문학상이 정말 뜻있는 것으로 신장되어 나아가기 위해서는 그때그때 발표된 몇편 작품만을 기준으로 삼아서는 안 된다. 그런 각도에서 후자와 같은 사항도 참고삼을 필요가 있게 되는 셈이다.

그런 기준에서 보면 이승훈이나, 김승희 등은 소월 시문학상의 강력한 후보자로 추거되어야 할 분들이다. 두 분은 다같이 작품 세계에 폭이 확보되어 있다. 또한 시 아닌 다른 분야의 문학활동에도 정력적이며 그들 나름의 역량을 나타냈던 것이다. 따지고 보면 우리가 영위하는 나날의 생활은 모두가 마음의 순결을 신장·확충하는 일과 상관관계가 있다. 특히 시의 경우 그런 덕목은 아무리 옹호되어도 모자라지 않을 것이다. 그러니까 서구의 어느 시인이 순박한 생활론을 펼치고 동방의 철인 가운데 한 사람이 「詩=思無邪」라고 정의한 것이다. 우리는 심사과정에서 李昇薰의 뜻

이 바로 그런 정신의 순수주의와 같은 문맥 속에서 발
해진 것이라고 믿어 의심치 않았다. 그리고 김승희의
시에는 얼마간의 휴지기 현상 같은 것이 엿보였다. 물
론 우리가 본 작품들도 수준급에 속한 것들에는 틀림
이 없었다. 그러나 이제까지 구축한 수준으로 보아서
는 보합상태(保合狀態)가 아닌가 생각되는 작품들이
있었던 것이다. 그래 우리는 이 분들의 결정적 국면타
개를 기다려 보기로 했다. 李晟馥은 적어도 위와 같은
몇개 요건을 고루 갖춘 경우로 판단되었다. 그는 직업
으로 대학에서 교편을 잡고 있는 중이며 또한 이번 학
기에는 출신대학에서 학위논문을 꾸며내느라고 골몰
했던 것으로 안다. 그럼에도 한 해에 발표한 시가 열
편을 넘었다. 뿐만 아니라 바쁜 일과를 치르는 가운데
쓴 것들 같지 않게 매우 깔끔하게 작품이 다음어진 미
덕도 드러나는 것이다.

풀이나 버러지나
그런 하찮은 것들에 대해
우리가 얼마나 하찮은가를
깨닫기 위해 우리는 여기 왔다.

이곳을 떠날 때까지
깨닫지 못할 것이다.

고목나무 둥치에 붙은
굳어버린 혹 같은 것.
———〈혹〉 전문

　李晟馥의 이런 작품은 적어도 두 가지 각도에서 그
나름의 존재의의가 인정될 수 있다. 우선 이 시인은
이제까지 물리적인 세계보다는 즐겨 형이상(形而上)
의 세계 곧 사상, 관념에 그 뿌리가 닿아 있는 제재를
택해서 작품을 만들어 왔다. 그런데 사상, 관념은 요
리 정도에 따라 자칫 생경한 언어의 풋기를 떨치지 못
할 위험성을 내포한다. 그런데 이번에 그가 보인 작품
들에는 위와 같은 말솜씨로 그들이 넉넉하게 정서의
차원을 개척하고 있는 것이다. 다음 우리 주변의 사정
으로 보아도 그의 시도는 값진 것들이다. 이 얼마동안
우리는 그 자체에도 충분히 존재의의가 부여되는 인간
의 존재방식에 대해 질문을 계속해왔다. 그리고 많은
양의 작품들이 거기서 파생되는 역사, 현실을 외곬으
로 추구한 쪽이다. 그 결과 말솜씨, 또는 서정의 습도
가 도외시되는 현상도 왕왕 빚어지고 있다. 그런데 李
晟馥의 이들 작품에는 그런 일방통행 현상도 극복되어
있는 것이다.
　다만 심사과정에서 이분 시에 대한 질문으로 시각의
단조성이 제기되기는 했다. 이 분의 말씨는 대개가 서

정시의 정석 가운데 하나인 여성주의의 냄새에 젖어들어 있다. 그리고 거기서 빚어진 심상 내지 해조 역시 다분히 연가풍, 목가조의 성향을 띠고 있는 것이다. 물론 이것은 서정시의 큰 속성 가운데 하나로 그 자체가 결격사항일 수는 없다. 그러나 심사자의 입장에서 보면 혹 이런 작품 성향이 단조로운 소품 가작주의(小品 佳作主義)를 낳게 하지나 않을까 하는 염려도 없지 않았다. 그러나 나는 심사과정에서 제기된 이런 의문에 대해서는 비교적 확신에 찬 의견을 말할 수 있었다. 이것은 이런 자리에서 금기사항에 속하는 일이지만 나는 이번에 李晟馥이 제출한 학위논문 이야기를 들을 기회를 가졌다. 그에 따르면 그가 테마로 택한 것은 프랑스 근대시인을 역학(易學)의 각도에서 검토 논의하는 일이었다는 것이다. 그 논문은 이제까지 국내에서 발표된 관계문헌은 물론 해외의 것들까지 대충 읽고 검토한 것으로 들었다. 그렇다면 우리가 이 시인의 시에 깊이와 넓이를 기대해도 무방하지 않을 것인지. 다시 한번 李晟馥은 그 폭과 심도(深度)를 가진 세계에 말솜씨까지를 곁들여서 좋은 작품을 보여주었다. 이번 그를 선정하게 된 심사위원회에 참여할 수 있었던 것을 분복 밖의 기쁨으로 생각한다.

김남조 · 김용직 · 권영민

세상과의 연애 통한 「인생 연구」

李 晟 馥

우선 미욱한 사람을 수상자의 반열에 서게 해 주신
선생님들께 감사드리며, 이 자리를 빌어 근간에 제 머
리 속에 남아 있는 몇몇 생각들을 되짚어 봄으로써 문
학이라는 특이한 도정 속에서 여지껏 제가 걸어온 길과
걸어가야 할 길 사이의 이음새를 밝혀 보고자 합니다.

지금부터 사오년 전입니다만 제가 두번째 시집을 출
간할 무렵, 저도 남들처럼 비교적 부끄럽지 않은 연애
시집 하나를 가졌으면 하는 막연한 소망을 품었더랬습
니다. 그 소망의 연원은 저 자신의 내부에서 혹은 외
부에서 이루어진 여러 상황들로부터 미루어 짐작할 수
있겠지만, 제 나름으로 추체험하여 논리화하자면 악성
(惡性) 신화와 상징들이 횡행하는 「아버지의 세계」로

부터, 세상의 온갖 노폐물들을 투명한 샘물로 바꾸어 주는 「어머니의 세계」로, 그리하여 이제는 성장한 아들로서 함께 살아가야 할 「당신의 세계」로의 이행과정의 한 징조가 아니었는가 생각됩니다. 사실상 저의 문학생활은 일종의 퇴행 연습이었으며, 앞으로도 퇴행의 순진함 혹은 어리석음 속에서 이루어질 것이라는 생각을 해 봅니다.

그러니까 제가 연애시를 쓰고 싶다는 소망을 품게 된 것은 지금까지 극단의 폭력과 극단의 인종으로 갈라 놓은 세상 ——그것을 갈라 놓은 것은 다름아닌 저 자신이었지요—— 을 「당신」이라는 유일무이한 존재로 받아들이고 싶다는 숨겨진 욕망의 표현이었는지 모르겠습니다. 어떻든 제가 세상을 연애의 대상으로 바꾸어 보게 된 이후 저의 말투는 달라졌습니다. 지금껏 그토록 어색하게만 들렸던 「…습니다」「…어요」 등의 공경스러운 어조는 무척이나 신기하고 또한 무척이나 자연스럽게 여겨지게 되었습니다. 그것은 마치 처음 사랑에 눈뜰 때의 그 눈에 비친 세상의 모습과도 같았습니다. 최근 사오년 사이의 저의 글쓰기는 「…습니다」「…어요」라는 어미 앞에 서둘러 무언가를 채워 넣어야 한다는 긴박감 같은 것으로 지속되었다는 느낌까지 듭니다.

모든 다른 연애와 마찬가지로 세상과의 연애 또한

고통을 그 숙명적인 조건으로 하고 있습니다. 결여(缺如) 혹은 별리(別離)로 불리워지는 고통이 그의 사랑하는 아들 연애를 낳고 연애는 고통을 빌미와 담보로 하여 세상을 낳습니다. 세상은 연애를 통해 이루어져 왔고, 연애를 통해서만 이루어져 갈 것입니다. 병과 병마개, 눈과 보이는 것, 남자와 여자, 불과 얼음, 삶과 죽음, 그 모든 것들은 팽팽한 시간의 외줄을 타며 뜨겁게 연애합니다. 갈라져 있는 그것들은 둘이 아니기에 하나가 되려 하며, 하나가 아니기에 만날 수 있는 근거를 얻습니다. 덧없음은 영원함의 속살이며, 꿈은 결핍의 열매입니다. 혹시라도 그들이 끝내 만나 하나가 된다면 세상은 끝나고 말 것입니다. 언젠가 제가 남녀 사이의 연애만 잘 관찰하면 세상의 원리를 끌어낼 수 있으리라 생각했던 것도 바로 그 때문입니다.

세상과의 연애를 통해서 제가 깨우친 바가 있다면 삶의 의미는 끊임없는 배움에 있으며, 그 배움은 공경하는 마음 없이는 이루어질 수 없다는 것이었습니다. 보다 더 자세하게 살피자면 배움은 다름아닌 공경하는 마음을 배우는 것입니다. 그것은 선현들이 모든 공부는 공경 경(敬)자 한 자에 있다고 하신 말씀과 같은 맥락에서입니다. 그리하여 지금까지 제가 함부로 괴물같은 세상 앞에 갖다 붙인 완강한 물음표를 이제 저 자신에게 옮겨 놓으려 합니다. 앞도 뒤도 알 수 없는 막막한 세월 속에서 구원도, 해탈도 아닌 막막한 걸음 걸이, 우리는 모두 그 길을 가고 있습니다. 그 막막함을 함부로 제멋대로 제 편한 것으로 바꾸어 버리지 않고 그 길을 끝까지 가는 것, 모든 공부는 입을 틀어막고 우는 울음 같은 것입니다.

그러나 최근 들어 그토록 친근하게 느껴지던 「…습니다」 「…어요」의 어미는 제게 왠지 낯설게만 여겨집니다. 마치 어느 날 한 여자에 대한 사랑이 걷잡을 수 없이 사라져 가는 것같이, 그 간절했던 느낌들은 속수무책으로 빠져 나갑니다. 그러나 사라진 것들이 없어지는 것은 아니겠지요. 마치 바닥으로 스며 흐르는 건천(乾川)이라는 것처럼, 세상 깊숙한 구석에 숨어 흐르며 살아 있는 것들의 연한 뿌리를 적시겠지요. 머지 않아 제가 지금까지 세상에게 씌워 왔던 「당신」이라는 불편한 굴레를 벗길 날이 올 것입니다. 그 굴레는 제가 만든 굴레이면서 동시에 저 자신의 굴레였습니다. 이제 세상은 「그」 혹은 「그것」이라는 삼인칭으로 불리워질 것이며, 막연하게나마 앞으로 하게 될 일이 「인생연구」로 요약될 수 있으리라 생각하는 것도 그 때문입니다. 그러기 위해 우선 가 보아야 할 곳이 병원이나 기차역, 시장, 사창가 등이 아닌가 합니다.

지켜봐 주시는 분들께 늘 기대에 못 미쳐 송구스러움을 전하며 두서없는 말씀 줄이겠습니다.

제4회 소월시문학상 작품집

초판 발행 ─ 1990년 5월 20일
초판 3쇄 ─ 2002년 4월 10일

지은이 ─ 이 성 복 외
펴낸이 ─ 전 성 은
펴낸곳 ─ (주)문학사상사
주소 : 서울특별시 송파구 오금동 91번지 (138-858)
등록 : 1973년 3월 21일 제1-137호

편집부 ─ 3401-8543~4
영업부 ─ 3401-8540~2
팩시밀리 : 3401-8741~2
홈페이지 : www.munsa.co.kr
전자우편 : munsa@munsa.co.kr
우편대체 계좌번호 : 010017-31-1088871
지로구좌 : 3006111

ISBN 89-7012-406-3 03810

문학사상사의 좋은 책—이상문학상 수상작품집

김승희 詩集
왼손을 위한 협주곡

아픔과 신령, 그리고 고통의 신바람이란 특유의 세계를 조화시켜 이루어 낸 미학과 시학이 공수(神話)처럼 계시하는 인식의 세계가 이 한 권의 시집이다.
● 국변형판 / 값 3,000원

노향림 詩集
눈이 오지 않는 나라

감성을 절제한 개성을 통한 부재 의식과 사물들의 존재를 표현하고 있다. 살아 있다는 증거가 하나도 없는 삶 속에서도, 눈이 오지 않는 나라에 살고 있는 시인의 투명한 목소리를 들을 수 있다. ● 국변형판 / 값 1,800원

오세영 詩集
가장 어두운 날 저녁에

詩는, 별이 있고 꽃이 있듯이 그저 있는 것이지만, 고단한 시대의 시인들은 꽃밭에 밀알을 뿌릴 수도 있고, 별빛으로 독서를 할 수도 있다고 말하는 시인이 갈등의 심연에서 피워 낸 화해의 꽃다발. ● 국변형판 / 값 2,000원

홍윤숙 詩集
태양의 건너 마을

허망한 삶에 의미를 부여하고자, 명징한 언어로 현실 세계가 가지고 있는 온갖 결핍에 대해 깊이 고뇌하여 승화시키는 시인의 삶의 지향이 잘 드러나 있는 시편.
● 국변형판 / 값 2,000원

원희석 詩集
물이 옷벗는 소리

물 혹은 물방울이라는 아주 함축된 상징 체계 속에서 고도의 뛰어난 상상력으로 따뜻한 집, 그리고 화해로운 삶의 질서를 꿈꾸는 서정적 힘이 있는 시편들.
● 국변형판 / 값 2,000원

박정만 詩集
서러운 땅

스스로 창조한 정형시로 새 전통을 창조하는 흙의 소리꾼인 시인은 60여 편의 시편들을 통해 아픈 육신과 정신을 어떤 보이지 않는 손으로 인도하고 있다.
● 국변형판 / 값 2,000원

강은교 詩集
바람 노래

삶과 세계 속에 감추어져 있는 허무의 진실을 끊임없이 탐구해 온 시인이, 시는 생의 한가운데에 서서 허무와 절망들을 감싸 안고 그것을 깊이 있게 뛰어넘어야 한다고 외친다. ● 국변형판 / 값 2,000원

문충성 詩集
낙법으로 보는 세상

이 저주받은 땅에 저주받은 목숨을 끌고 다니다가 마침내 흙 속에 뼈를 묻게 될 날이 올 때까지 열심히 시를 쓸 수밖에 없는 칼 같은 시인의 시심을 엿본다.
● 국변형판 / 값 2,000원

김승희 詩集
달걀 속의 生

닫혀 있는 거대한 전천후 냉장고 속에서 자신들이 죽어 가고 있다는 사실조차 의식하지 못한 채 살고 있는 현대인들에게 이 시집은 일상의 편린들을 삶의 진리로 승화시키는 방법을 제시하고 있다. ● 국변형판 / 값 4,500원

정한모 詩集
原點에 서서

세월이 흐를수록 생명감에 대한 저해 요인이 늘어나기만 하는 현재의 생활에서 비자연화, 비인간화의 추세가 가속화할수록 생명에 대한 사랑과 원초적인 것에 대한 그리움과 갈망이 담긴 시편. ● 국변형판 / 값 2,500원

이사라 詩集
허브리인의 마을 앞에서

시인은 엽서와 통화, 그리고 편지 전보 등의 언어를 통해서 타인과의 교신, 잃어버린 자아의 이름을 찾기 위한 치열한 몸부림을 시라는 언어로 보여 주고 있다.
● 국변형판 / 값 2,000원

이성선 詩集
새벽 꽃 향기

자연으로 일컬어지는 우주적 질서에 대한 외경에서 출발하는 시인은 우주 속에서 시인이 자리한 일상의 세계를 만나게 하는, 자리의 설정을 보여 주고 있다.
● 국변형판 / 값 2,000원

정한숙 詩集
잠든 숲속을 걸으면

우리의 인생 체험에는 어떤 고답적인 구도나 사유 따위는 불필요한 것이며 다만 실제 살아온 이야기, 현실과 생활과 자신의 행동이 일치되어 나온 체험적 진실만이 필요한 것이라고 주장한다. ● 국변형판 / 값 2,000원

유안진 詩集
月令歌 쑥대머리

우리의 의식을 무겁게 짓누르고 흔들어대는 정보 산업 사회를 사는 현대인의 고뇌를 함께 앓고 함께 씻어 냄으로써 영혼의 정화를 돕고 있는 시편.
● 국변형판 / 값 2,000원

김완하 詩集
그리움 없인 저 별 내 가슴에 닿지 못한다

신서정의 가능성을 열어가고 있는 시인. 그의 시에는 요즈음 일부 젊은 시인들의 시에 보이는 현학성과 취미, 수다스러움이 없다.
● 국변형판 / 값 3,800원

장 욱 詩集
사랑엔 피해자뿐 가해자는 없다

오늘날과 같은 기계문명의 시대, 환경파괴의 시대에 생명력과 인간회복을 갈망함으로써 삶의 온전성 또는 총체성을 획득하려는 성격을 지니는 시.
● 국변형판 / 값 4,000원

강희안 詩集
지나간 슬픔이 강물이라면

경박하고 천덕스러운 말장난이 신세대 감성의 혁명으로 일컬어지는 때에 어떤 시류에도 휩쓸리지 않고 진지한 자세로 노래하는 모습이 가히 믿음직스럽다.
● 국변형판 / 값 4,000원